Les Comptines de la tour Eiffel

Des romans à lire à deux,
pour les premiers pas en lecture !

La collection Premières Lectures accompagne les enfants qui apprennent à lire. Chaque roman peut être lu à deux voix : l'enfant lit les bulles et un lecteur confirmé lit le reste de l'histoire.

Cette collection a trois niveaux :

JE DÉCHIFFRE les bulles peuvent être lues par l'enfant qui débute en lecture.

JE COMMENCE À LIRE les bulles peuvent être lues par l'enfant qui sait lire les mots simples.

JE LIS COMME UN GRAND les bulles peuvent être lues par l'enfant qui sait lire tous les mots.

Quand l'enfant sait lire seul, il peut lire les romans en entier, comme un grand !

Un concept original **+** des histoires simples **+** des sujets qui passionnent les enfants **+** des illustrations :
des romans parfaits pour débuter en lecture avec plaisir !

Cette histoire a été testée par une enseignante et des enfants de CP.

L'orthographe rectifiée, qui fait désormais référence dans les programmes scolaires, est appliquée dans cet ouvrage.

Loi n° 49-956 du 16 juillet 1949 sur les publications destinées à la jeunesse, modifiée par la loi n° 2011-525 du 17 mai 2011.
ISBN : 978-2-09-257920-6 – Dépôt légal : septembre 2019

JE DÉCHIFFRE JE COMMENCE À LIRE **JE LIS COMME UN GRAND**

Les Comptines de la tour Eiffel

Texte de Mymi Doinet

Illustré par Mélanie Roubineau

Nathan

L'anniversaire de la tour Eiffel

Belle tour, pour ton anniversaire,
que vas-tu recevoir d'extraordinaire ?
Une écharpe toute douce en nuages ?
Des boucles d'oreilles en coquillages ?
Un gâteau aux bougies géantes,
parfumées au miel et à la menthe ?
Ou un tuba pour nager sous la Seine,
en compagnie de la Petite Sirène ?
Moi aussi, je vais t'offrir une surprise.
Crois-moi, elle sera exquise !
Mais, chut, c'est un secret, motus,
je n'en dirai vraiment pas plus !

Merci,
ton cadeau
est très beau !

La tour Eiffel est arc-en-ciel

Rouge comme un fruit du Mexique,
orange comme le sable d'Afrique,
jaune comme les girafes chics,
vert comme un sorbet de Jamaïque,
bleu comme les vagues du Pacifique,
indigo comme les papillons des tropiques,
violet comme les volcans de Martinique.
Sous le feu d'artifice, c'est fantastique :
la tour Eiffel si haute, si belle,
a les couleurs de l'arc-en-ciel !

On adore tes sept couleurs !

Ma collection de tours Eiffel

Voici toutes mes tours Eiffel,
celles de ma collection personnelle :
j'ai une tour en forme de ciseaux,
une qui a des ailes comme un oiseau.
Une tour sur ma montre qui tictaque,
une décorée de perles sur mon sac.
Une tour en forme de lampe qui clignote,
une dans une boule à neige qui grelote.
Et puis j'ai aussi une tour en gaufrettes,
que mon taquin petit teckel, Croquette,
vient de réduire en miettes !

La lune pour miroir

Ce soir,
la tour Eiffel réfléchit.
Elle penche la tête de côté,
vers la pleine lune argentée,
et lui demande son avis :
– Miroir, mon beau miroir,
suis-je la plus jolie de Paris,
avec mes piliers à paillettes ?
– Oui, mais saperlipopette,
mets tout de suite une casquette,
sinon tu attraperas un coup de lune
à minuit moins une !

Cette nuit, c'est toi la plus jolie !

Je dessine la tour Eiffel

Pour dessiner la belle d'acier,
ce n'est pas compliqué :
sur ma feuille de papier quadrillé,
je trace d'abord au milieu de la page
un A majuscule, bien droit et très sage.
Je colorie ensuite tout en haut une tête,
avec deux petits yeux couleur noisette.
Puis je colle autour des gommettes,
pour imiter une pluie de confettis.
Voilà, mon dessin est déjà fini
et ma tour est prête à faire la fête !

J’aime bien
ton dessin !

Le plus grand des colliers

Chaque soir, au crépuscule,
dix petites souris funambules
escaladent la tour Eiffel.
Là-haut, que fabriquent-elles ?
Chut ! Ne le répétez pas, les amis :
les dix petites souris, toutes réunies,
enfilent sur un immense fil d'argent
les dents de lait des enfants !
Puis, sans emmêler leur grand collier,
les dix petites souris futées
attachent leur magnifique bijou
sur la demoiselle au long cou.

Génial, notre collier est original !

La tour Eiffel se déguise

L'hiver, quand les flocons
tombent par millions,
la tour Eiffel se déguise.
S'habille-t-elle en sapin de Noël,
ou en fusée couverte de gel,
qui s'envole au carnaval de Venise ?
Non ! Les flocons en ribambelles
lui tissent mille-et-une dentelles.
Et dans sa robe de reine des neiges,
la tour invite son voisin, le petit manège :
– Suis-moi, je t'emmène skier en Norvège !

Tes grandes pattes m’épatent !

Si la tour Eiffel était...

Si la tour Eiffel était en chocolat,
elle fondrait au soleil toute raplapla.
Si la tour Eiffel était en macarons,
elle se ferait picorer par les pigeons.
Si la tour Eiffel était en os de dinosaures,
elle serait plus haute qu'un tyrannosaure.
Si la tour Eiffel était en pompons,
elle s'envolerait par-dessus ma maison.
Si la tour Eiffel était en dragées,
il faudrait plus d'un an pour la manger.
Et si la tour Eiffel était tout en doudous,
on lui ferait mille-et-un bisous !

Et toi, dis-moi, tu rêves d'être en quoi ?

Les reines du shopping

Quand elle quitte Paris
et plane vers New York sans bruit,
la tour Eiffel rejoint en catimini
la statue de la Liberté,
sa grande et meilleure amie !
Là-bas, les deux jolies futées
font les soldes sur la Cinquième Avenue.
Quelles vedettes ! Le soir, très tard,
tout le monde les a reconnues,
avec leurs lunettes de stars,
leurs sacs couverts de cœurs
et leurs chapeaux à fleurs !

Sur cette planète,
c'est nous
les vedettes !

La tour Eiffel n'a pas sommeil

Pour s'endormir sans somnifère,
que compte la demoiselle de fer ?
Les nuages en forme de mouton,
plus légers que le coton ?
Non, non, non, voyons !
Les avions et les hélicoptères
qui tournent autour de la Terre ?
Non, non, non, voyons !
La tour compte les étoiles filantes,
sans oublier la plus brillante,
la plus dorée, celle du Berger !

Belle d'acier, il est l'heure de rêver !

La tour Eiffel et la petite hirondelle

Avant les infos,
Adèle, la petite hirondelle,
s'installe en haut de la tour Eiffel
pour présenter le bulletin météo.
Sur Télé Bonnes Nouvelles,
Adèle gazouille chaque jour
aux téléspectateurs le même discours :
demain, c'est promis, il fera beau !
Le lendemain, il pleut, il mouille,
c'est la fête à la grenouille !
Zut ! Adèle s'est encore trompée
et la belle d'acier est toute trempée.

Pas de manteau,
il va faire beau !

La tour Eiffel adore danser

Me croiras-tu ?
La tour Eiffel a mis un tutu
pour aller danser la polka
à l'Opéra avec un ours venu d'Alaska.
Puis elle a enfilé ses chaussures à talons,
et fait des claquettes avec trois chatons,
marchant en cadence à reculons.
Enfin, qui l'eût cru ? C'est fou !
La tour a mis une robe à froufrous
pour aller danser le french cancan,
au Moulin-Rouge avec cinq pélicans !

Do, mi, sol, fa,
on danse aussi
le cha-cha-cha !
UGE

La tour Eiffel compte

Un, deux, trois,
Petit Chaperon rouge,
regarde derrière toi,
un grand gros loup gris bouge !
Quatre, cinq, six,
près des violettes qui fleurissent,
vous les nains, il en manque un !
Sept, huit, neuf,
Chat botté, cire tes bottillons neufs !
Dix, onze, douze, treize,
et toi, vieille sorcière, Blanche-Neige
ne goutera pas tes fraises !

Moi aussi, chaque soir, je lis une histoire !

Mon chapeau à mots

Si toi aussi tu veux inventer des comptines, ce n'est pas compliqué :

1 

Découpe d'abord des bouts de papier avec des ciseaux.

2 Écris ensuite sur chaque papier un mot se terminant par le même son, par exemple « el » comme dans tourterelle, dentelle, tour Eiffel, marelle, sauterelle, hirondelle, bretelles, violoncelle

Tu peux aussi ajouter des prénoms comme Isabelle, Axel, Gaëlle, Abel, Annabelle, Ismaël…

3 

Ensuite, plie chaque petit papier sur lequel tu as écrit un mot, et mets-les au fond d'un chapeau.

4 Joue avec tes amis ! Pour inventer ensuite des comptines, chacun tire au sort un papier du chapeau. Puis avec ces mots, chacun écrit des phrases se terminant par le même son.

Voilà, à toi maintenant de créer des poèmes que tu aimes !

Ce matin, au sommet de la tour Eiffel,
j'ai vu Gaëlle, la gazelle,
qui jouait du violoncelle,
avec...

Bravo! Tu as lu un livre en entier !
Tu as aimé cette histoire ?

Retrouve la tour Eiffel dans d'autres aventures !

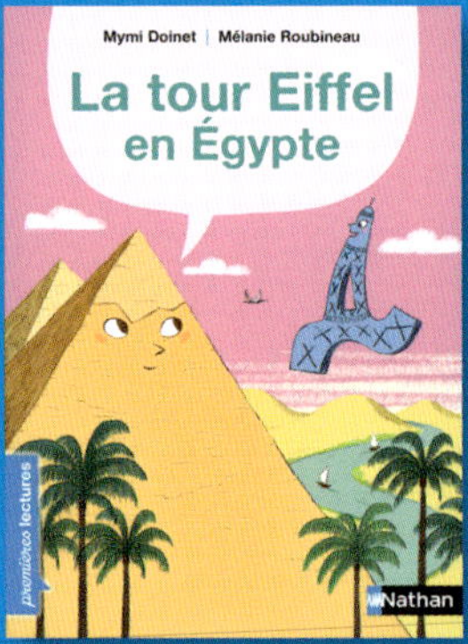

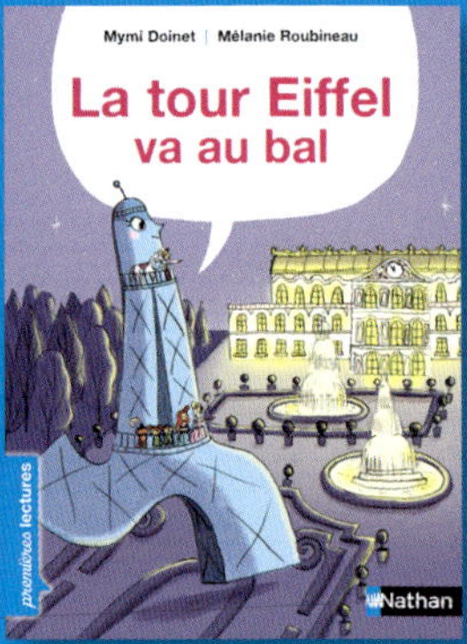

premières lectures

N° éditeur : 10236309
Achevé d'imprimer en août 2019
par Pollina (85400 Luçon, Vendée, France) - 90695